空の向こうへ

～感謝の日々、これまでもこれからも

Akiko Ueno

上野明子

文芸社

目次

第一章

出会い、ふれあい

児童達とのふれあい

　スーパーへ行った帰り商店街を歩いていますと、小学生の下校時で一緒になりました。

「今、帰りなの？　お疲れさま」と話しかけます。

「『おじゃまる』のおばちゃんや」「そうよ、お帰り」「ただいま」と、タッチをしますと「おばちゃんの手温かいよ、本当……」と、男の子と女の子六人ほどと手を重ね合わせました。

　私は温かい手より、私のような者に優しくしてお話ししてくださる児童達の「心」というか、その気持ちの方がもっともっと温かくて嬉しかったです。

　しばらくしてそろばん塾の前に通りかかるとある男の子は、塾の前で時間待ちをしていました。

寒くないの？　と聞きますと、「ハイ、大丈夫ですよ、おばちゃん」「塾頑張ってね」「ありがとうバイバイ」

何げない会話に気持ちがホッとさせられました。


小学校のお昼休みの時間、見守り当番二人が学校へ行きますと、歩きながら私の肩を「ポン」と叩いて「ニコッ」と笑いかけてくる子がいます。

その子は「おばちゃん、覚えているよ、忘れていないよ」と言って、運動場へ行きました。可愛い児童達、いや孫のように感じます。

廊下を歩いておりますと、首から何か「カード」のようなものを下げて、こちらへ来る児童がいました。

「おばさん、こんにちは。私ね、九・九のかけ算を言うから聞いてください」と、「八」の段を言います。

「〇です」、と私が言いますと、「ここに名前を書いてください」と首から下げた子育て支援のボランティア「『おじゃまる広場』のカードを見せます。そこで「『おじゃまる』の上野』と書いて、私も首から下げているカードを見せながら「これでわかりますか？」と尋ねますと、「ハイ、ありがとうございました」と、お礼を言ってくれました。

また「失礼します」と言って二年生の教室へ入りますと、まだ給食を全部食べられていない児童がいました。

「食べられないの？　嫌《きら》いなの？」と聞きますと、うん、と頭を下げました。そう、無理にはね……。

教室におられた先生が、児童達に「九・九を、おばさんに聞いてもらいなさい」と言われます。

でも、児童達が順番に「カード」を見て、「おばちゃんも言ってみてください」と言ってきます。そこで私も九・九を言いますと、「ハイ、あっています」と言ってくれました。学校へ勉強に来たようで恥ずかしい。担任の先生とお話をしながら、自分の小学生の時のことを懐かしく思い出し、友達とも「今日は勉強に来たような感じだったね」と、笑いました。

こうして児童達と接するのも、楽しいものです。

掃除の時間です。

「洗い場の所は水びたしやなあ……、ちょっと雑巾を貸して、これではすべるよ」と言って、少し水気を拭き取りました。雑巾をもっと固く絞れないのかな、でも児童の力では無理のようです。


この日は、児童先生の授業を受けたような気持ちで、なかなか楽しい日でした。

私も少しは頭の体操、せねばなりませんね、児童の皆さんも頑張ってください、応《おう》援《えん》していきますよ!!

またお伺いしますから、おばさん達を覚えていてくださいね、ありがとう。

「ハートバス」つつじが丘地内

お昼前のことです。

スーパーへ行く前に、市民センターに寄ってコーヒーを飲んでいますと、「ハートバス」の運転手さんと、その助手の方がコーヒーを飲みに来られました。

お二人は、私に「ハートバスに乗りませんか？」と言われます。週に一回、旧名張市内のスーパーへ行きますよ、ということです。つつじが丘のガソリンスタンドが閉店し、市内のガソリンスタンドまで行くため、コースが変わったとのことでした。

私は、「バス停の前に家があるのです」と、お断りしましたが、「もし、私の足が弱くなればお願いします」と言いますと、運転手さんは「俺の方が先に弱るわ」と大笑いしました。

「もうすぐ十二時ですね、お気を付けて」と言いますと、「ありがとう」と、バスを発車されました。バスは当地、つつじが丘を、南回りと北回りとがあるようです。

このハートバスに関するお知らせ版が回っておりましたが、私には用がないと思い、はっきりと目を通さなかったのです。利用されている方は皆さん、「便利ですよ」と言います。スーパー、お医者さん、歯医者さん、郵便局まで行ってこれるそうです。

スーパーで買い物をしますと、家の前まで来て荷物も置いてくれると喜んでおられました。

おじゃまるの方も利用されていて、ハートバスに乗って市民センターまで朝九時頃に来られます。年配の方達と「助かる」と喜んでおられました。そういえば、お帰りになる時に、時々運転手さんが、バス発車しますよと言っておられます。

アー、そうそう「料金」ですが、一ヶ月一〇〇〇円で、三ヶ月分をまとめて三〇〇〇円、集金に来られるそうです。

スーパーへ行く途中に「ハートバス」の矢印があったり、「ハートバス」利用の「ステッカー」を目につく所にかけておられます。

おじゃまるで遅くなり、バスが出た後は、会員さんが「上野さんも一緒に送ります、乗ってください」と言っていただきます。そうやって、自家用車に三人が乗せてもらって、南から北へ、南の一番上から北の下まで送ってくださいました。
このような親切なお方に出逢えて嬉しく、本当に感謝しております。

友達と観光ドライブといろいろ

ある日のこと、ドライブに行こうと職場の方達にお誘いを受けました。前の夜は緊張して寝られなかったからか、車の中でうたた寝してしまいました。「上野さん、よく寝ていましたね」と言われたほどです。

外を見ますと、見たことがある所です。福住から丹波篠山《ささやま》へ行く道でした。

婦人会の旅行で前に通った懐かしい道で、あの時は知り合いが「デカンショ節」（篠山はデカンショ節発祥の地とも言われています）をバスの中で歌われたのを思い出しました。

日本最古の天満宮、生身《いきみ》天満宮の本宮へお参り。また別のお堂でお賽銭を上げて手を合わせて、お堂のまわりを三回まわります。こうするとご利益《りやく》があると言われていました。

この生身天満宮は牛の寝像が祀ってあります有名な神社で、一緒になった観光ツアーの皆さんは「本当にご利益があるのかな?」「よく治るのかな?」と口々に話しながら、頭、腰、足、腕などをそれぞれに手でなでておられました。

私も皆さんと同じようになでておりました。でも頭の悪いのは無理でしょうね? 治るといいなあ……?

それと合格祈願のお守り、家内安全など、たくさんのお守りがありました。観光客の皆さんは子供さんとか、お孫さんの合格のお守りを買っておられました。

その後の昼食は、丹波名物、お土産処お食事処、「ささやま玉水《たまみず》」という所でした。たくさんの観光客でいっぱいで、私達は順番で席があくのを待ちます。テーブルの上にはお膳の代わりに紙が敷かれてあり、「ようこそ、丹波篠山へ　今日は、ささやま『玉水《たまみず》』に来てもろて　おっきに、ありがとう」「丹波篠山のうまいもんぎょうさん食べて帰ってや」と記してありました。

これはお土産シールに貼ってあった説明書きです。

「玉水《たまみず》の由来」

この池は、元黒岡川分流の川筋にあたります。篠山築城の際、二の丸「積み上げ井戸」に向かって流れていた川床に、竹の束を並べて埋《う》めたので水脈が通じ、それぞれ今も涸《か》れないといわれ、城中の水量の観測地との説があります。城主が茶の湯に用いるため金具を使わず、鮑《あわび》貝で掘って形もそれに似せ、貝の五つの穴にあたる所に、松を植えたと伝えられています。「日置玉水の碑」は元禄五年（一六九二）、ときの城主松平信庸《のぶつね》が建てたものです。

このドライブで訪ねた丹波は、前に田舎の実家へ行った時と違ったコースで、丹波篠山といえども広い所だなあーと思いました。

そういえば、丹波には中学生の友達との思い出もあります。

丹波の次は有馬温泉街の散策に行きました。

坂道を上っていく先々にお店があり、観光客が道に溢れていました。中には浴衣姿で歩いておられる方もあり、どのお店もたくさんの観光客で食べ歩きといった感じでした。子供さんがうろうろされ、パパが笑いながら後を追っていました、ほほえましい感じで可愛いかったなあ……。

友達と、また来ようねと話し合いました。

有馬温泉は神戸にあるわけですが、神戸と言えば、阪神淡路大震災から一年経った頃だったかな？　婦人会のバス四台で行った時は、被災者の仮設住宅がたくさん並んでいたことを思い出しました。淡路島の被災地へ行きますと、田んぼに一メートルほど段差があり、それを整地していました。観光地の屋根にはシートが張られていたのを思い出しました。その後フェリーで淡路島にある義姉のお墓参りに行った時に、親戚の方に島を案内してもらったのですが、観光地として整備されて、お店も出来ていました。そこは、金の延べ棒が展示されたり、チョコレート類とか菓子箱などのお土産物も販売されていました。

フェリーで「うずしお」を見に行きました。近くで見ると吸い込まれるような感じもしました。

フェリーに乗っている時に「地震や」と言われて、少しゆれてびっくりしました。船の上でも地震でゆれるのですね。やはり地震ってこわいですね。


東日本大震災も、今年で六年目を迎え、私も少し牛乳パック灯ろうの協力をさせていただきました。また子育て支援のボランティア「おじゃまる広場」の活動の一環で「ふれあい隊」としていつも訪問させていただいている、つつじが丘小学校へお電話しましてお願いしますと、こころよく引き受けてくださり、牛乳パックを二個ですが持っていきました。これを先生方が上手に仕上げてくだり、私が当番の時にお預かりして、郵送しました。私は晴れ晴れとした気持ちになりました。

ふれあい隊の先生方に「お忙しいところに無理なお願いをしまして、またきれいに灯ろうを作っていただき、ありがとうございます」と、お礼を言いました。先生方は笑顔で挨拶をしてくださりながら、「卒業式は三月十七日です」とか「来年も来ていただけますね」と、お話しくださいます。いつものように「間に合いませんが、寄せていただきます」とお返事しますと、先生方も「よろしくお願いします」と頭を下げて教室の方へ行かれました。帰りに教頭先生も深々と頭を下げてお見送りくださいましたから、「先生、ご丁寧にありがとうございました。失礼します」と言って帰ってきました。

私は、来年度もふれあい隊に参加させていただくのが楽しみになりました。

小学校の児童の二人からお手紙をいただきました。

「おじゃまるひろばさんへ

いつもくるときに、くるのがたのしみになります。またこんど　またきたら、そうじとかてつだいをして下さい。またこんど一年一くみにきてください。いつもきょうしつをみてうれしかったです」

「おじゃまるひろばさんへ

いつもえがおできてくれて、ありがとうございます。そうじを見てくれたり手つだってくれて、ありがとうございます。

いまでは　できるようになりました。

おじゃまるひろばさんのおかげです。

きゅうしょくも見てくれて、ありがとうございます」


この二人のお手紙をいただいて、嬉しくて、感動いたしました。児童の方達もよく見てくれているんだなあーと、本当に感謝、感謝でございます。四月からは、新一年生の皆さんが入学されますから、二年生になってお兄さん、お姉さんとして仲良く協力してあげてくださいね。おじゃまるの一員としてのお願いでございます。

お身体を大切にしてくださいね。


南中学校の生徒さんからも、お手紙をいただきました。

「昼休みに赤ちゃんとふれあえる機会をつくっていただき、ありがとうございました。

おじゃまる広場さんが、つれてきてくださる小さな子供達に、毎日の勉強している日々が、ふきとぶぐらい癒やされます。毎週木曜日に来てくださってありがとうございました。みんなうれしそうにしています。

来てくれてありがとうございます」


こうしてお便りをいただくのも、私にとって張り合いになります。本当にありがとう。進級されても身体を大切にして、勉学に励んでください。お祈りしております。

人の気持ちを心でつなぐ

京都から当地まで来た時、息子と私は、実家のご先祖さまへお参りする場合、どの方面へ向かうのがいいのかわからず、不安がつのるばかりでした。

息子は地図を見ながら車を走らせました。その時に目についた篠山本線への道がしるされていた標識でした。

料金所で、一五〇〇円だったかな？　一〇〇〇円だったかなあ？　三回ほど料金所を通ったように思います。でも、私も頭がぼんやりしていましたから、定《さだ》かではありません、何しろ朝早く家を出ましたから、眠かったし、途中で休憩しながらのことでした。

お墓の近くまで行きましても、まだ薄暗かった。しばらく明るくなるまで待ってから、ご先祖さまと両親のお参りをした時に「京都を出て、今は三重県の名張まで来ました」と報告をしましたが、お許しくださったでしょうか？　それとも、むちゃなことをしたと、お怒りになっているでしょうか？　今晩、夢の中で、少しは反省するように、とのお言葉があるかしら、でも私の大好きな両親だから、頑張れと言われるかな？　いや甘い考えでしょうか？　心の中で反省し、コンビニエンスストアで朝食のパンとコーヒーを買って車の中で食べました。

ご先祖さまや両親のお参りをして報告するという役目が終わり、「ホッ」とした気分になりました。

帰る途中に、お土産物屋さんがあり、近所の方へ買って帰ってから、「京都から来ました上野です、お世話になります」と、ご挨拶に行きました。

いろいろと用事がありましたが、しかし寒い所だなあ、私はなぜ、ここに来たのかとしか思えませんでした。

翌日、ある奥さまが「昨日はお土産ありがとうございました」と、「おいしかったよ、気を使っていただいて悪かったわね、今後ともよろしくおつきあいくださいね」と、親切に言ってくださいました。私も気が晴れ晴れとしました。

また商店街を歩いていますと、「上野さん」と名前を呼ばれました。振り向くと、ご近所の若いお母さんです。

「こんにちは、あれ、お子さん達は？」と尋ねると、お義母さんが見てくれているとのことでした。そして「上野さんに前からお聞きしようと思っていました」と言います。

「あのね、上野さんて九州出身ですか？」

……いいえとお返事しますと、彼女の実家の近所に上野さんという方がおられるとのこと。親戚ですか？　と尋ねられ、私は京都出身ですと話しました。

「京都に上野というお漬物屋さんがありますね、そのお店とはどうです」と言われました。

「田舎に上野さんというお名前がありましたが、その方達がお店を出されたのではないかと思います。それと京都大学の先生をされていました。その方とはよくお電話でお話ししたことがありました。立派なお方でした。今はどうされていますかしら？」

とお話ししました。

以来、彼女はお逢いするたびに親切にお話をしてくださいます。私は彼女の住所も聞いておりませんが、私のことを家族でお話しされているようで、顔を見るなり声をかけてくださるのです。

若いお母さんとお話しできるということは、私にとって嬉しいことです。「おじゃまる広場」で月二回行われている子育て相談の「気になるサロン」でも、親子さんのお相手をしていますと、心が晴れ晴れとして「本当にありがとう」という気持ちになります。親子さんは、次回も来てくださいよ、とスタッフの方に言ってくださいました。

私は「これから小学校へ行きます」と話しましたところ、「これ、食べてください」と、容器に入った保存食のご飯をいただきました。

私のような者に優しくしてくださると嬉しいです。本当にありがとう、市民センターのコーヒー店「モア」で、昼食にさせていただきました。

私は幸せです。このように親切にしていただくと、休まずに参加しようという気持ちになります。

息子と私は、以前とは別のコース、縦貫道でご先祖さまのお墓参りに行ってきました。

その帰り、サービスエリアへ寄りますと、たくさんの観光バス・トラック・乗用車で駐車場は満車でした。

少し移動して別の公衆トイレに入りますと、ここも数人が並んでおられました。「アレ、前にお逢いしたことありませんか？」という方がいらっしゃいます。お互いに思い出し、今お仕事は、とか、どこへ行かれるのですか、などと楽しい会話となりました。彼女は福知山からの帰りとのこと。私も、丹波からの帰りですと話し、またお逢いしましょうと約束します。

私は、日帰り旅行に時々行っておりますので、「あなたも一緒に行きましょうよ、楽しいですよ」とお誘いしました。

観光バスの座席は、申し込み順で、バスに乗る時に座席順に名前を書いて入口に貼ってくださっています。バスに乗る時には運転手さんに「お世話になります」と、何げなく挨拶をして座席に座ります、私は一人ですので、横の方にも「お世話になりますが、よろしくお願いします」と、挨拶します。

皆さまがお話しされているのを私は聞いているだけですが、聞いているだけでも楽しいものです。中には私に話しかけてくださる方もおられます。

「○○のサービスエリアで休憩を取ります、集合は○時○分とさせていただきます、ご協力お願いします」と、添乗員さんが言われました。皆さん降りていかれる時に、運転手さんは「行ってらっしゃい」と一人一人に言っておられました。私も時々「行ってきます」とお返事をして降ります。

時間が来れば「皆さんお揃いになりましたから、発車させていただきます。次は御食事処まで進ませていただきます」と言われました。

一時間半ほど、進ませていただきますと言われましたが、車がスムーズに走りましたから思ったより早く目的地まで着きました。

もう食事の場所へ到着です。

食事の時に座席を係の方に教えていただきますから、しばらくお待ちくださいと言われ、三名さま、一名さまと座席が用意されていました。

私は三名さまと同じ席で、話をしながら昼食をいただきました。

親切な方達と一緒で良かったと思いました。添乗員さんが「○時○分にバスまでお戻りくださいませ」と、集合の時間を言ったのに続けて、「まだまだ時間は充分にありますよ、ごゆっくりと昼食を取ってください。また売店は下にありますから、ご利用くださいませ」と言われました。

お食事の時は、皆さん和気藹藹《あいあい》。「今日の昼食美味しかったね、また来たいですね」と話をしながらの、楽しいひとときでした。

私は先にバスに乗りましたが、皆さんはお土産をいろいろと買われて、にこにこしながらバスに乗ってこられました。

次はどこまで行くのだったかな？　と予定表を見ながらの旅。

私はお腹も膨れて、うっとりとしてバスの窓から遠くの景色を見たり、美しい山々を眺めたり。また野原や転作田を見て、今は何を作っておられるのだろうと、田舎のことを思い出し、今頃はハウス栽培かなと頭の中で相談しながら、一人で頷いています、やはり田舎に未練があるのかな、いや、ないないと心の中で笑っている私です。

しばらくすると、添乗員さんが「サービスエリアで休憩します、これが最後です、各停車駅まで直行します」とのことでした。「○時○分に集合お願いします」と言ってくださいました。

集合時間を教えてもらい、外は寒いかな？　なんて思いながらバスを降りる時、ここでも運転手さんは、お一人お一人に行ってらっしゃいと言ってくれました。

バスに戻って、もう、これでお世話になった皆さまとお別れになるのか、次の時は何人の方にお逢いできるのかなと寂しい気持ちにもなりました。

二ヶ所の停留所で次々とお客さまが降りていかれた後、私達は最終駅で降ります。

「ありがとうございました、気を付けてお帰りください」と言って、私は別のバスに乗り換え、帰ってきました。

楽しかったなあ……、次はどこへ行こうかなあ……。

気まぐれバーバの行く先は？

我が家のねむり猫

テレビのチャンネルを回していますと、「岩合光昭の世界ネコ歩き」が映っていました。

岩合《いわごう》さんは、たくさんの猫に囲まれて、その猫たちをカメラに収められておられました。

あの猫、可愛いね。この猫、好きやな。ねそべったり、じゃれあったりしているのを、息子と一緒になって見入っておりました。

町の人々に餌を貰いに集まってくる猫がいます。種類も大きさもさまざまで、やることなすこと、その仕草を見て、どんなに嬉しかったことか。自然にしている猫に癒やされました。何匹いるのかしら？

お店の中では、カウンターに猫が横になっていたりで、看板猫としてお客さまの目を引き寄せていたりで可愛かった。

道路を歩いて猫を発見しますと「ニャオー」と声をかけます。すると、私の足元でゴロンとしてくれる猫もいて、嬉しかった。

なぜ「猫」の話になったかといいますと、こんなことがあったからです。あるツアーにご一緒した方に、ボタンの花で有名な長谷寺へお参りしましょうと誘われたときのことです。案内の矢印に沿って、お祀《まつ》りしてある仏様に、ご利益がありますようにと、お賽銭をあげ、手を合わせながら境内を回ります。どなたかの法要とあり、私も手を合わせ、頭を下げて、元気でいられますようにとお願いをしてきました、気持ちがスーッとしました。

帰り道、出店のある参道を歩いていますと、大勢の人・人・人。そこには、本物のようで可愛い「猫のぬいぐるみ」が、座布団に寝《ね》ていました。「起こさないでください」と紙に書いてありましたが、愛くるしい顔で起こしたくなりました。

家に帰って息子にこの猫の話をしますと、欲しそうにしています。

以前、ある「ツアー」に行った時に、十五センチほどの座布団に寝ている可愛い子猫のぬいぐるみを買ってきました。それは現在テレビの上で、よく寝ています。この時も、息子はなぜ、もう一つ買ってきてくれなかったのかと言いました。自分の部屋に置きたかったのでしょう。次回行った時に、お店にあれば買ってくるねと話しながら、猫のテレビ番組を見ていました。

そうして別のツアーに参加しました時に、猫のぬいぐるみを発見したものですから、嬉しくなって買って帰り、息子の部屋に置くように言いました。

あー、ツアーに参加して良かったと、自分ながらに嬉しかったのです。

このテレビの上の猫に、私は朝、「おはよう、いつまで寝ているの」と言ったり、夜は、「おやすみ」と声をかけてから寝ます、出かける時には「留守番、たのむよ」、帰ってきた時は「ミーちゃん、ただいま」と言うようになりました。返事もしないのに、私の気休めとなりました。

そうそう「ツアー」で、どこへ行ったか？

三重と滋賀の県境にある、紅葉の御在所岳《ございしょだけ》です。

最初は休日とも思えない長閑《のどか》な風景を見ながら、車は進んでいました。

バスの中から景色を見ていますと、転作田として作っておられるコスモスの花が、色とりどりに美しく咲いていていました。

バスもスムーズに走っていましたが、休日ということもあり、次第に車も多くなってきます。「もう、そろそろロープウェイの頂上が見えます」と、添乗員さんが言われました。

「あの高い所まで、登るのですよ」と言いながら、山の尾根ばかり見ていました。

しばらくするとノロノロ運転となり、下ってくる車、自家用車、路線バス、マイクロバス、観光バスなどで、一時間ほどの渋滞でした。

まっすぐの道と違い、曲がりくねった道で信号機が付けてあり、ドライバーさんや、添乗員さんもハラハラ、ドキドキしておられたことと思います。

「もうすぐや」「もう見えている」と言いながらのツアー案内、本当にお疲れさまでした。

バスの中でいただいたツアーワッペンを着けた方達の後からついていき、ロープウェイに乗るチケットを渡してもらいました。また、もし迷子になった時のために、添乗員さんの名刺のコピーを「落とさないようにしてください」と、渡してくださいます。

ロープウェイに乗って「標高一二一二メートル」の紅葉の名所へ。本当は富士山が見えると言われていましたが、この日は霞が出てダメでした。紅葉も少しだけで、頂上に上がってブラブラと見学しました。

向かいの山にたくさん登っておられるのは、スキー場とか。私も田舎にいる時に、妙高山にあるスキー場のゲレンデまで階段で上ったことがありますが、さすがに高い所だなあーと感心いたしました。でも下りは足が思うように進まなかったのも覚えております、今、思えば懐かしいような気もします。

下りのロープウェイに乗って景色を見ますと、下は岩だらけで「ツアー」の方達もびっくりされていました。岩と岩の間にも大きな岩がのっかっていました。

耳がツーンと鳴ります。ツアーの方達も同じことを言っておられました。

ロープウェイに乗りますと「カモシカ」を見ることがありますと、案内されました。観光客は途中まで自家用車で行き、きつい岩の間を上まで歩いて登っておられる方もたくさんおられました。登山客の方かしら？

楽しく、良い思い出を作っていただきました。

帰りの車窓から見た夕焼け空は、赤々とした美しさ。お客さま達もカメラに収めたりと、楽しんで見とれていました。

あるニュース番組で「御在所岳は紅葉が美しく鮮やかな色になった」と紹介されていました。

第二章　優しい方々

霧に見舞われた土地で

十二月の中旬頃、朝九時頃のバスで名張駅まで行く途中で、下り道になった時、前方を見ますと霧でまっしろでした。

いかに私達は高い所に住んでいるのかと、びっくりしました。田舎にいた時でも我が家は山手に住んでいましたから、大げさかもしれませんが、下界は何も見えず、雲の上に住んでいるように思ったことがあります。同じ時期でしたが、以前に親戚の人が来て、ここは仙人が住む所だなあーと笑い話になったものです。

まだ寒さも始まったばかりで三月頃までは、この寒さを辛抱せねばなりません、道でお逢いする人達に、おはようございます、とか、こんにちは、と言って寒いですねと、つい言葉がついて回ります。

いつだったかしら? バスの運転手さんに、「つつじが丘は寒いですね」と言いますと、「自分もつつじが丘に住んでいますよ」と言われました。「伊賀市とつつじが丘とでは、どちらが寒いですか」と尋ねましたら、「どちらも寒いですよ」と言われました。

友達に、上野さんは京都出身でしょう、なぜ名張まで来たの？　と聞かれました。私は息子が名張市の会社に入社しました。それで、最初は借家住まいでしたが、現在は中古の家を買ってくれたので、今の家に住んでいるのです。家の中でも寒いですよ、雨戸を開けると寒さがこたえます、と言いました。すると、バス通りで夜はよく眠れますかと聞かれましたから、私はバスが停車の時も何一つ苦痛はありませんよ、と言いました。

この時期、お正月の料理、お客さまの接待やご家族のお食事の話に、「スーパー」で買い物しながら出る言葉は「おせち料理」のこと。友達は「おせち料理、今はお正月からお店が開いておりますし、その時その時に作ればいいかもね」……と言います。その通りです。よく言ってくださいました。私の「ズボラ」を知ってのことかしら。

友達が、明日「お餅つき」をします、海外から息子達が帰ってきますし、お雑煮、ぜんざい、砂糖じょう油をつけるものをしようと思っていますが、上野さんは、お雑煮ですか？　と聞かれました、我が家は納豆餅ですよと答えました。

それ、どうやって作るのと聞かれ、私は「丸子餅」を広げて、その中に塩、しょう油を好みで味付けした納豆を入れて半月形にして、手につかないように「きな粉」をまぶして食べます。少々固くなったら焼いて食べるとこうばしいですよと話しました。友達はさっそく作ってみよう、一つ「メニュー」が増えたと喜んでおられました。私はアー、話して良かったたと思いました。

そうそう、私がスーパーで「お煮しめ」と言いますと、若いお母さんは、それなんですかと聞かれました。

ああそう、今は「おせち料理」なのね。そういえば八年前にさかのぼりますが、以前近くに住んでいた若いお母さんの家へ行きますと、何か食べてくださいね、これから作りますからと言われました。ありがとう、ごちそうになるわと言いますと、上野さん、「米」食べますか？　と聞かれます。

私は「エッ」と思いました。「米」とは「ご飯」のことでした。なるほど、そんな言い方もあるんだなと思ったのです。

良いことを聞いた、話の「タネ」になりそう。悪い頭を入れ替えるためにも、若いお母さん達のおしゃべり仲間に入れていただこうかなと、その時に思いました。

今まで生きてきて、初めて聞く言葉です。「ご飯を食べる」が「米食べる」。その土地、その時代によって、言葉の使い方が変わるものなのですね。

また、スーパーを回っていますと、「アボカドを海苔巻にしたら美味しいですよ」と書いてありました。若いお母さんにお聞きしますと、酢のご飯にアボカドを芯にして海苔巻にすると、美味しいですと話してくださいました。

若いお母さん達とお話しするのも楽しいかもしれません。でも「うるさい」と言われるかな……。

私は「そそっかしい」からだめかな、いや、いろいろな言葉遣いを教えていただこうかな……。

暮れのことです。買い物バスに乗りますと、ある年配の夫婦と一緒になりました。そのニコニコと元気そうな顔に、良かったと思ったものです。

そのお方は次の停留所で降りられます。会釈をしますと、「良いお年をお迎えください」と言っていただきました。ありがとうございます。

私も、「良いお年をお迎えください。お元気で、身体に気をつけて、またお逢いしましょう」と、荷物を渡してあげます。

バスの中には、お客さまが十数人ほど乗っておられましたが、もし私も年老いていくとお世話になるとも限りません、それは私の心ひとつで手を添えたことでした。おせっかいかな……迷惑だったかな？

その方は「ありがとう。失礼します」と、バスを降りてからも、手を振っておられました。

帰りは、知り合いと同席で、旅行のこと、お正月のことなどを話しながらの今年最後の会話となりました。

停留所でバスを降りる時に、女性の運転手さんにも「良いお年をお迎えください、ありがとうございました」と挨拶しますと、「ありがとうございました」と言ってくださいました。

私はリュックを背負って「よいしょっと」と、バスを降りました。「よいしょっと」と言うのは私の癖。年だなあー……と一人笑いでした。

ある日、病院の帰りにバス停にいますと、息子のお友達の奥さまが、私帰りますから車に乗ってくださいと言っていただきました。お言葉に甘えて、家まで送っていただきました。

その後も何度か送ってもらい、嬉しかったので、出かけた時に、お土産を買ってきました。

お仕事をされているその奥さまは、お忙しくされておられますから、お電話して「お時間のある時にお寄りください」と話しますと、その日の夕方に来てくださいました。私の書いた本とお土産を渡しますと、車にはご主人が乗っておられます。ご主人の車で、来てくださったのでした。紹介していただき、奥さまには、お世話になっておりますと、挨拶をしました。

別の日にお逢いした時には、「上野さん、上手に本を書かれましたね」と言ってくれました。

「本を読ませてもらって、朝はまだ寝ておられると思い、お昼に伺うことにしました。息子さんも上野さんも、家を守っておられるのが、よく書かれていました。これからも頑張ってください」と励ましのお言葉をいただきました。

奥さまにお礼を言いがてら、「私のような者とおつきあいをしていることを、ご主人は何も言われませんでしたか？」と、お尋ねします。すると、「主人は『いつ頃からおつきあいをしているの』と喜んでおりました」と話してくださいました。良かった。

それからも、お逢いした時には、「上野さん一緒に帰りましょう」と車に乗せてもらって、いろいろとお話をしながら帰ってくるようになりました。

この暮れにも、「良いお年をお迎えください」と言いながら別れました。

良いお友達になれたような気持ちで、嬉しい思い出です。

本当にありがとうございました。

買い物バスでの知り合い

だいぶ前のことです。スーパーのチラシを見ますと、「今日買い物バスが出ます」と書いてありましたから、十五時三十二分の最終バスに乗りますと、私一人でした。運転手さんに「私だけですし途中で降りましょうか」と聞きますと、「このバスはスーパーから出ていますので、気にしないでください」と言ってくださいました。スーパーに着きますと、ガードマンの方が「お客さま一人です」と、連絡しておられました。

普通に買い物をして帰りのバス停まで行きますと、六人お客さまが乗られました。一人ではなかったと思わずため息をつき、胸をなでおろしました。お客さまの中に私の顔を見て会釈をしてくれた方がいらっしゃいました。その時、運転手さんに「乗る方がおられて良かったです」と言いました。今の頃は、毎週土曜日に三回、バスが出ております。十時三十三分に我が家の前を通るバスは満員とのこと、十二時三十三分は座る席があり、十五時三十二分の最終はよく空いております、日によって、また、お天気の都合で変わります。

「こんにちは、寒いですね」と言いながらバスに乗りますと、よくお逢いする方が「これからですか」とお話をしてくれます。

空いている座席に座りますと、「あなたは知り合いが多いのですね」と言われました。それは年配の奥さまでした。

このとき、バスを降りられる方が「お先に失礼します」と言われましたから、私も「お疲れさま、気を付けて」と頭を下げます。

さらに「奥さん、これからですか。お先に失礼します」と挨拶をしてくれますので、私も「お疲れさま、気を付けて」と言います。このバスをよく利用しますと、顔見知りとなり、挨拶もよくするようになります。

こうした挨拶が済んだころ、年配の奥さまが、私に「出身地はどこですか」と聞かれます。「京都です」と言いますと、奥さまも「京都の宇治です」と言われます。「あなたはどちらですか」と言われ、「京丹波です」と言いました。

この奥さまは、なぜか私によく話しかけてくれました。互いに名前を教え、「よろしくおつきあいください」と言われました。

私が「〇〇へ三回ほど行きました。一度、ご一緒しましょうか?」と、ツアーの話をしますと、嬉しそうに「そうですね楽しいでしょうね」とニコニコされていました。

もうすぐ奥さまが降りられる停留所なのでしょうか、ご主人に荷物を指差して、取っていただいています。頭を下げられましたので、バスが止まりましてから荷物を少し手助けして、「お疲れさま、気を付けて」と、手を振ってお帰りになりました。

くもの糸

ある日、十時過ぎのこと、門まで行ってふと振り返りますと、大きなくもの巣があるのに気づきました。

近所の植木から我が家の「トユ」（雨どいのこと）にかけてと、かなり傘を広げた住まいで、私もびっくりしました。

あー、恥ずかしい。でも、くもの巣も我が家を守ってくれていたのかしら？　侵入者が来ないように……。

といいますのは、夜七時頃にトイレ・お風呂の網戸から覗く人がいると注意を促す、回覧状がポストに入っていましたし、バスの中でも、この話を聞きました。

それ本当ですか？　と聞き直しました。

いろいろと悪趣味の方がおられるとのことでした。

くもの巣ですが、こんな思い出があります。

私が小さい頃、家の裏に柿の木があり、蝉がとまっていました。あのミンミン蝉が欲しいと言いますと、父が針金で手のひらくらいの大きさで輪っかを作り、それを竹箒にくっつけてくれました。この輪っかの部分にくもの巣をくっつけて、蝉を取ろうとしたのですが、蝉は私の顔に尿をかけて逃げてしまったのでした。

私が「キャッー」と言うと、父が「明子はまだ無理やと思っていた」と、急いで井戸水を釣瓶《つるべ》で汲んで、それで顔を洗いました。

今思えば恥ずかしい、どじな私です。

が、土の中から出てきた蝉は、私につかまらずに喜んだことでしょう。短い命です、もう少しでかわいそうなことをするところでした。逃げられて良かったなあー、でもくもの巣には、ひっかからないでねと言いたかったです。

話は変わりますが、私が当地へ来て、右も左もはっきりしない頃のことでした。

田舎が懐かしくなり、引っ越す前にいろいろとお世話になった男性にお電話しました、その方も、私が引っ越したことを気にしてくださっていたようでした。

「では、ドライブしようか？」と言ってくださり、○○駅で待ち合わせをして、車に乗せてくださいました。「○○へ行こう」と言っていただきましたが、まだ頭の中がすっきりせず、景色の良い所だなあー、としか思えません。たぶん、以前に住んでいた場所を思い出すために案内をしてくれたのでしょう。

ふとその時「ウインドガラス」に「くもの糸」を見たのです。男性は急いで取り去りました。その時に「あー良かった『赤い糸』と違って」と言われました。

私は、何のことかわからず、そのまま聞き流していました。

しばらくすると見慣れた道に出ましたが、ここはどこかとも聞かず、あの赤い糸の言葉のことを思い出していました。

その後も男性に何を聞かれても答えられません。「くもの糸」のことであきれていたのです。人を乗せるのだったら車の中をよく見ておくべきで、わざと「くもの糸」を取らなかったのだろうとさえ考えました。その日は、それで終わりになり、ありがとうございましたと、少しのお礼をして帰りました。赤い糸ってなんでしょうか？

この年になってもわかりません。指輪もしたこともない情けない人生です。

あーそうそう「くもの糸」でも指に巻いて、人生のやり直しをしましょうかね……。

まだまだ幼稚な心の持ち主、いや頭なのかしらね。なんだか、ふり出しに戻ったような、懐かしい思い出を胸に……。

医療費と保険税の件

医療費・保険税の通知が市より来ました。書類に記入して通帳と印かんを持って市役所の会計へ行き、何ヶ月か分のお金を支払いました後、今後の支払い方法を教えていただきました。

これからは息子の保険証から離れ、年金から差し引かれるのです。小遣いが少なくなり、ちょっぴり寂しいです。病院へ行った時に、患者さん達とおしゃべりしたことが本当だったと思いました。

市役所へ来たのですし、帰る前にAさんにお逢いしてと思い、受付で「上野ですが、Aさんおられますか?」とお尋ねしますと、今日は○○会に出ておられますとか。そうですか、では日を改め、お電話いたします。よろしくお伝えくださいとお願いをしました。

後日、近くまで行った時に市役所へ寄り、受付で「上野ですが、Aさま、おられるでしょうか？」と言いますと、「今は、おられます。二階へ上がってください。係の方がお待ちしております」と取り次いでくださいました。

「あー、今日はやっとお逢いすることができる」と、嬉しかったです。

お部屋に入り、お久しぶりですとご挨拶をしますと、「お電話いただいたのに留守にしておりまして」と言われます。私は「お忙しいところへお伺いしまして」と言い、私が書いた本を差し上げました。

「早くお見せしたかったので、お逢いするのを楽しみにしていました。時間があれば目を通してください」

Aさんと初めてお目にかかった時のことをお話ししますと、「上野さんにお目にかかったことは全部覚えておりますよ」と言ってくださいました。友達のように嬉しくなり、「また寄せていただいていいですか」と伺いますと、「いつでも来てください」とのお返事。お伺いして良かった。お忙しい所、時間を割いてくださいましてありがとうございましたと、帰ってきました。私のような者に親切にお話ししていただき、本当に心の優しいお方に出逢えて嬉しかったです。

この日は農業祭の前日で、出展者の皆さまも準備をされていました。明日は賑やかだろうなあと思っていた時、またAさんに表でお逢いしました。農業祭準備の様子を見に、出てこられたのでしょうか。「こんにちは」とご挨拶しますと、「こんにちは、本読ませてもらったよ。私のこと、詳しく書いてくれましたね。上手に書けていましたよ」と言っていただき、やはり嬉しかったです。お忙しいお方ですから、この場ではそれだけで失礼しましたが、もっともっとお話しできたらと思いました。

また別の日、市役所へ保険のことで行った時に、いらっしゃるかどうかわからなかったのですが、受付で、「Aさま、おられますか？」と言いますと、何課ですかと聞かれました。「○○室です」と言いますと、あわてるような態度で取り次いでくださいましたが、「四十分ほどしたら、外出されますので、今すぐ行らしてください」とも言われました。

お部屋に入りまして、お久しぶりですと言いながら、最近私の書いた本と以前制作した牛乳パック灯ろうの写真をコピーした紙をお渡しします。「上野さん頑張っているのだなあー。本も大切にして読ませてもらうよ」と言ってくださいました。

私は、名張に来ていろいろと市役所の方にご相談して、親切にお話をしていただいたことなどを、お話しします。「そんなことがあったのか」と、親身になって聞いてくださいました。そのことが嬉しくて……、なぜもっと早くお話をしなかったかと、後悔しています。

Aさま、あの時は、お忙しい時間をいただき申し訳ございません。本当にありがとうございました。

優しい方々

私は当地の北に来た時に、右も左もわからずといった具合でした。

近所の方に「近くにスーパーはありませんか？」とお尋ねしますと、「ハイ、二〇〇メートルほど歩かれたら、すぐにお店があります」と教えていただきましたから、さっそく行きますと、ご主人が、「こんにちは、いらっしゃい」と言ってくださいます。私も挨拶をしますと、「あれ、お宅は見かけない方ですね」と聞かれましたので、「越してきたばかりです。〇〇番町の上野です、今後ともよろしく」と言いました。

買い物を済ましてから、ご主人が、付近のお店のことをいろいろとお話ししてくださいました。

前はこの店も繁盛していましたが、大きなスーパーができて車社会になってきましたから、今は品物を少し減らしたとか。

「前はお野菜も置いていましたが、売れなくなりました。これからも来てくださいいね」と言われました。

それと、「ここにはコンビニエンスストアもありません。出店の話は出ていましたが、この地域の雰囲気が乱れるからと言って反対しました」ということでした。

この後も、私は時々お店へ行って買い物をしています。時々、奥さまに「コピーとファックス、お借りできませんか？」とお聞きしますと、「どうぞ使ってください」と快く言ってくださいました。

親切に応対していただきましたことが私は嬉しく、帰りには「無理なこと言いましてどうもすみません、ありがとうございました」とお礼を言って、お店を後にしました。

この地域の商店街も、前は賑やかで繁盛していましたが、少しずつ「シャッター」もしまったままのお店も増えてきました。でも、また新しいお店も少しずつ出来つつあります。

十二月の二十日過ぎの新聞に、商店街が繁栄するように祈るイベントの記事が載っていました。

道の両側に竹筒を三個ずつ、間隔あけて並べ、小学校児童と幼稚園児の絵を貼り順番にロウソクに火をとぼしながら歩いたというもの。

実は私も見に行きましたが、被災地の人達もこのように火をとぼしておられるのだろうと思いました。

その日は風があり、寒さがきつくて最後まで見ることができませんでした。知り合いに出逢いましたが、やはり寒くて帰ると言っておられました。商店街にはテントが二つ用意してありましたが、どうされたのか。何か催しがあるとのことでしたが……。

第三章　空の向こうへ

ひとひらの花びら

四季を通して、どの花を見ても美しいですね。いつの日のことだったか、国道筋を歩いていますと、車が通るごとに、その風に吹かれて花びらが舞い降りてきました。手のひらに受けて見てみますと、白いかわいい花でした。

他の花びら達は風に吹かれて、どこまで飛んでいったのでしょうか？気持ちよさそうに、ふわりふわりと……遠くの山の向こうへ……。

でも、この花はどこから来たのだろうか？と見ても、この美しい花は咲いていそうもないと思いながら歩いていますと、きれいな花を咲かせておられる場所を発見、色とりどりの花、お庭にたくさん作っておられました。きれいなお花を見て癒やされました、また、街路樹の葉や桜の木は赤く色づいて、銀杏の葉も黄色くなり、赤南天の実なども色鮮やかに目に留まりました。

道路脇に美しい花を作っておられる家がありました。「少し変わったお花ですね。

この頃に咲く花と違いますね？」とお尋ねしますと、そこを通りかかった男性の方も不思議に思って、私と同じことを言っておられました。

「これは、桜の花と桔梗の花です」

「木から、枯葉が落ちたので、造花をくっつけています。これだったらいつまでも美しい花が見ることができます」

男性と私は、なるほど良い考えですね、と感心しました。

これだったら、いつまでも人の心を癒やしてくれますね。樹木も葉が枯れたら、このように工夫すれば美しい。心も晴れ晴れするような……。

それと、この赤と黄色の実はなんですか？　と男性と私はお聞きしますと、これは「マユミ」という花ですと、お教えてくださいました。

それから、もう少し歩いていますと、花畑に、チューリップが五本美しく咲いていました。春に咲く花ですが、今は秋。この花は造花ですかと、お聞きしますと、そうではないとか。これは太陽電池を使用して明るく照らしているとのこと。太陽熱で、夜でも花を照らして時期をずらして花を咲かせるのです。皆さんはよく考えて花を作って楽しんでおられます。

いつもと違う所を一人で歩くのも楽しいものです。

このような時間を作るのも、なかなかできないものですから、たまには良いものです。運動とは言えるほどではありませんが、私の頭に新しい空気を入れ換える作業とでも言いましょうか？

ある横道に入りますと、色鮮やかな、でも名前もわからない美しい花の横に、アケビがポカッと割れて種が見えていました。

田舎で食べたのを懐かしく思いました。味はどのように表現したら良いのか。種ばかりで少し甘味があったような……。

その当時、都会の人は、アケビなんて珍しいと言っておられました。

家に帰ったら、テーブルでテレビを見ながら、うとうとと美しい花の夢でも見るとしましょうかね？

夜空の向こうに

日の暮れる頃、お日さまが今日は「まんまる」やと思うと、雲に隠れては、また出てきました。きれいなお日さまやなあーと見とれていますと、西の空へと隠れていかれた。

ここは団地なので、家が立ち並んでいます。我が家から西の方向は少し登り坂になって、ほんの少しだけしか山は見えません。お日さまが、西の方に行ったかと思うと、夕日が赤々と空を染めていました。

美しい空やこと、明日はお天気でしょうねと手を合わせて雨戸を閉めました。

この頃は花粉が多く飛んでいますから、マスクをして、夜寝る前に空を見ようと門の所まで行きますと、車が次から次へと通ります。上る人、下る人達。今お帰りですか？　これから夜勤ですか？　どちらにしてもお疲れさまです。身体に気を付けて、安全運転でお願いしますよ、と心の中で、ひとりごと。

そうそう、私は夜空を見ようと外へ出てきたのでありました。

空を見上げて、ご先祖さま、両親へ今日一日お守りくださってありがとうございましたと手を合わせます。お星さまが光っています。もし流れ星だったら、ラッキーですが、今の時期は無理ですよ、と自分に言い聞かせます。

ご先祖さまや両親が大空の向こうから見下ろして守ってくださっていると信じて、お休みなさい、またお目にかかりましょう、わかっていただけましたでしょうか、この気持ちを。

愛しいご先祖さま、両親さま、夢の中でお話ししましょう。

毎日毎日朝晩お布団の中で手を合わせて話しかけると、心が癒やされます。寝不足で朝になって、「また寝ぼうしたよ」と息子に話すと、「寝たら良い。身体をこわすよりもまっしや」と言ってくれました。「もし田舎だったら、こんなことでは済まされないよ」と言われ、本当だ、やはり当地に出てきて良かったと、息子に感謝しています。

好き勝手にしている私ですが、何も言わずに我慢をしてくれているのかなと思うと、涙が出そうになります。

いつまでも、このばあさんをお願いしますよ。本当にありがとう。

ふと思うこと

小さい時、病弱だった私は、「金食い虫」になっていました。

お医者さまが来られた時には、大人達は忙しく、私の相手をしてなどいられませんでしたから、土間をはさんだ一部屋の座敷で「ハンモック」に寝かされていました。本当に「金のかかる娘」と思っていたことでしょう。

その時は何もわからない私ですから、お医者さまに「ありがとう」と、お礼を言ったのかしら？　両親や姉に「ありがとう」と、お礼を言ったのかしら？

その当時のことを思うと涙が出てきます。

また、結婚して息子を二人出産してからも、無理をしてしまったために、二回も病院通いをして「金食い虫」になったりしました。

その時は身体が弱っていたから、とても辛い苦しい時でした。

いつになったら治るのか、いや一生付き纏《まと》うのかと思うと、いやになります。だから、気をまぎらわすように、バスツアーに参加するようになりました。それも、また「金食い虫」なのかしらね、でも夢を見て楽しまなくては……。「金食い虫」も羽を伸ばさないとね……。

することはたくさんありますが、私の頭の中は風が吹き抜けて「からっぽ」です。しっかりしなくては、と毎日毎日思っておりますが、やはり、何かしら走り去ったような気持ちになるのです。

でも「頑張ろうね」と、自分で自分を励まします。全部「金食い虫」が、どこかへ運んでいってしまいそう……。バスツアーに参加しますと、そうした気持ちが、フーッとどこかへ飛んでいきそうです。楽しいです。

天空のポスト

テレビを見ていますと、あるニュースの中で、三重県松阪市に「天空のポスト」と呼ばれる赤い丸ポストが三年前から設置されていると紹介されていました。

赤い丸型ポストをどれだけの方がご存じでしょうか？　いつ頃から、今の四角の赤ポストに変わったのか？　今の手紙・封筒の幅が広く、また「レターパック」といった類の郵便物の厚みなどが増えてきましたから、やはり四角のポストに変わったのかな？

この「天空のポスト」には、天に向かって話したい人に手紙を書いたという方や、「お父さん、お母さんいつまでもお守りください」とか、子供が生まれるから、お腹をさすりながら「元気で生まれてきてください、パパ、ママより」と書く方など、いろいろです。

私も皆さんと同じように天空のポストへ手紙を出しに行きたい気分です、でも松阪市まで遠いなあ……、でも天国より近いですよね……。

無理なお話ですね……。

ずいぶん前のことですが、実家へお参りに来られた時に、叔父さまと父のいとこのターちゃんと父の三人が、奥座敷で何か楽しそうに、私の方を見ながら話していました。

叔父さまに、「明子、こっちへおいで」と言われ、座敷にあがると「大きくなったなあー」と、ターちゃんが「こんな小さな子だったのによくここまで」と、手まねをして、三人が笑っていました。

懐かしく、私だけしか知らないことで、夢を見ているような気持ちで、嬉しかった。でも三人とも他界されました。

倒れて入院されていた叔父さまは、叔母さまに「明子どうしているやろ、不憫で仕方がない、そして嫁入り姿は美しかった」と、まるで自分の娘のように言われたとのことです。

その叔父さまが亡くなられた時に、姉妹一緒に神戸までお参りに行きました。叔母さまからよくお参りくださいましたと、お礼を言われ、そのあとで私の耳もとで「明子、明子と呼んでいましたよ」と話してくれました。私は悲しく、叔母さまを「お母さん」と呼んで、うんと泣きたかった。別れが辛かったです。

それから後に震災となり、家が押しつぶされたそうで、連絡が取れなかったです。

やはり、天国におられる叔父さまとターちゃんに、

「私は今、元気です。出版社の皆さまにお世話になり、自分史を書いておりますから、できあがったものをお送りします。届いたら読んでくださいね」

と、心の中で呼び掛けます。

それは無理かな。でもお空を見上げて、もし流れ星を見たら、この願いがかなうように手を合わせます。それまで待っていてね。

「天空のポスト」さま、天まで届けてくださいませ、お願いしますよ。

大好きな叔父さまに本の報告をしていなかったから……。

可愛いがっていただきまして、ありがとうございました。

大切にしていたもの

田舎から持ってきた荷物の中を整理しようと箱を開けますと、昭和四十五年頃の手紙が出てきました。二人の妹からのもので、内容は長男が一歳になったばかりのこと。「子供さん大きくなりましたか？　実家へ行ってゆっくりとお話ししましょうよ」と書いてありましたが、実際には、お正月やお盆はすれちがいばかりでした。きちんと逢えたのは、両親が他界した時だけでしたが、そんな時は落ち着いてお話しすることもできません。

妹達の手紙をくり返し読んでいますと、あんなこと、こんなことが思い出されて涙が出てきて苦しかったです。

いや、今更ながらに思い出してもどうにもならないこととわかっていますが、その当時は電話することもできず、逢うことすらできなかったのが残念に思いました。

現在は姉妹達とも疎遠になり、手紙も全部ゴミになりました。何もかもがご破算になり、もう顔も覚えていませんし、もし顔を見てもあなただあーれ、といった感じでしょう。水くさいと思われるかもしれませんが、もう思い出したくないことがあり、古い写真も全部捨ててしまいました。

田舎でのいろいろなことを皆ゴミとして、おかげで今や肩の荷が下りたような気持ちで、身も心もスーッとしました。

人間って勝手なものですね、いや、素直な気持ちになれない私が身勝手な人間かもしれませんね、それが、欠点なのでしょうか?

いろいろなことがありましたが、何もかも捨てて、やっと自由になれたような気がします。

紙袋に何か入っているのに気づき、出してみますと、結婚式の時に写していただいた私の写真です。一人写しと皆さまがお帰りになる時に、「ありがとうございました」と、お辞儀をしている時のものです。皆さまは「く」の字形で、私は一人「逆エル」の字形の最敬礼でした。懐かしい写真が出てきた、記念に残しておこうと思いました。

この和服姿で、京都の紫式部の衣装を借りて、写真に収めてほしかったなあーと、今になって思い、ほのぼのとしています。あつかましい「バーバ」ですね。

あの時は小柄で細く、まあまあの身体つきでした。これって自惚《うぬぼ》れですか？　今でも、スーパーで「こんにちは」と挨拶した時に、「上野さんには負けるわ」とよく言われます。ただこの頃は「タヌキの腹鼓」ではないけれど、少し出てきました。運動不足でしょうか？　いや、まさしく運動不足です。

歩いていますと、少し年配の方にお逢いしました。お互いに挨拶をして「○○さんは気持ちよさそうに歩いておられますね。私を見てくださいよ」と言いますと、「上野さん、あなたね、贅沢《ぜいたく》言ったらあかんよ、今の内だけよ、頑張って運動してくださいよ」

○○さん曰《いわ》く、「もう少し身を付けないと、すぐに疲れてしまいますよ」とのこと。人それぞれですね、でも、そうかもしれない、痩《や》せてきたら、また心配するかもしれません、難しいですね。

私は人ごとのように思っていますが、自分で自分を守らなければならない。もしもの時は、誰も助けてはくれないでしょうしね。
健康管理は自分自身で、私の代わりは一人もいませんし……。

田舎の思い出、雪景色

一月四週目の初め、ゴミ出しに行く時、今日は寒いなあーと水たまりを見ると、薄氷が張っていました。これは寒いはずだと思っていますと、雪がちらちらと降ってきます。今日は雪降りなのかなあーと思っていますと、午後から本降りになり、うっすらと道も白くなり、見る見るうちに雪が積もり始めました。

雪かきの音がして表へ出ますと、たくさん積もっています。表の雪かきをしていると、一台の軽自動車が動かなくなってしまい、運転していた方は、車をそのままにしてお帰りになりました。

バスも途中で動けなくなり、バックをして「チェーン」を着けて動きました。その後、乗用車がノロノロ運転で上がっていきます。軽自動車が途中で動けなくなり、男性に助けを求め、車は無事に片側に寄せられました。

明くる日の朝、道路はツルツルになり、身動きできない状態になりました。

午後からは、歩けるようになりましたが、私は不安を感じました。

ふと思い出したことがあります。小さい時、木製のみかん箱に竹を半分に割ったのを釘で打ちつけてもらって、友達と一緒に坂道を滑ったものです。しかし身体の弱い私は重心がうまくとれず、たびたび怪我をしました。

他の友達は気持ちよく滑っていたのにと、情けなかった。

私は病弱だから何をしても無理なことは、わかっていました。でも、学校も行ってない時だったから、友達が欲しかったのです。皆が楽しそうに滑っている間、私は小さい雪だるまを作っていますと、手伝ってくれました。ありがとうと言いまして「目・口」を付けてなんとか、立派な雪だるまに仕上がりました。友達も喜んでくれました。

父は遠くから私の様子を見てくれていたようです。身体が弱いからハラハラしていたと言って話してくれました。

あの雪だるまは、何日まで残っていたのだろうか。作ったらそれきり気にもしなくて、それもわからずでした……。

雪がたくさん降った時には滑るからと、長靴を縄で括ってもらうと、歩きやすくて楽で安心でした。十何年前でも田舎にいた時も同じように縄で括って雪の上を歩くのも、また坂の上り下りも楽でした。

田舎ではブロック塀三段の高さ、高さ六十センチまで雪が積もりますから、長靴なしでは歩けなかったです。雪が積もりますと、車が通れるように道の雪かきをするのも重労働。私の力では無理な時は、「誰か交代」と、代わってもらいました。

大雪になると、一ヶ月ほどとけません。息子も、今になって田舎を思い出していま す。

田舎の山々を見ますと、雪が降るたびに樹氷ができます。お日さまが出ると「キラ、キラ」と光り、また家の庭に積もった雪も光り輝いて眩しく思ったことがあります。

雪の上を歩くと「サクッ、サクッ」と音がするように感じ、気持ちが良かった。

もう二度と踏めないあの雪、あの感触が思い出されます。雪かきは大変だったけれど、雪景色も光り輝いて美しいだろうなあー。

昔はかやぶき屋根だった家も、トタン屋根になりました。それから、夏は暑くて冬は寒さを感じるようになりました。

雪が降ると屋根に積もった雪が「ゴーッ」と滑り落ち、表は雪の山となり外へ出られない時もありました。家の者は雪かきで大忙し。

田舎の雪深さは、ここ名張の雪とは比べものになりません。懐かしい思い出です。

でも、当地の北にいる時は二十センチほど雪が積もりました。その時も雪をかくのは大変でしたが、子供達が雪だるまを作って、子供用のバケツを帽子代わりにしていました。いや、可愛いねと、にっこりとしました。

「雪の冬将軍、到来」とテレビのニュース、天気予報、また新聞を見ますと、もう雪は降ってほしくないと思います。でも、まだまだこれから寒い冬が続きます。早く暖かくなってほしいと願う毎日です。

田舎の仲良し会から……

何日頃のことだったかな？　お食事会の連絡がありました。参加しますと、男女十五名ほどの仲良し会のことでした。

お互いに自己紹介をして、楽しいお食事会で、お話をしながらのことで早く時間が過ぎたように思いました。

会場を後にして、帰りにお茶でも飲もうかということでお店に入りますと、お客さまのお一人が新聞を見ておられました。チラッと見ますと「終戦後何十年」と書いてあり、読者の方が投稿されていました。

その時、私の横におられた方が「君、戦争を知っているやろ、俺より年上だし」と言われます。私は「年上かもしれませんが、まったく覚えていない」と言うと、「それは嘘だろう」と、意外だという表情をされました。

私は、その頃は病気で伏せっておりましたから……。

その時に丁度、電話があり、駅で待ち合わせとの連絡。信用されないままに「これから行く所がありますから、お先に失礼します」と、会計を済まして店を出ました。一人は人、私は私。そう思いながら待ち合わせの場所まで行きますと、先ほどまで一緒だった方が「上野さん、○○さんに『しつこく』言われていましたね」と言って慰めてくれました。私の様子を見かねて、一足先に店を出て、外から電話をかけてくださったのでした。

歩きながら「楽しいお食事会でしたね」と話をして「今日はこれで失礼します、またお逢いしましょう」と、お別れしました。わかってくれる方がおられましたし、助かりました。

私も田舎にいた時、戦争の映画をテレビで見たことがあります。何戦の映画だったのかわかりませんでしたが、時々見た中で、たくさんの方が並んで、ある広い部屋へ連れていかれる場面や、列車に押し込まれて乗っている人などが映っていました。部屋はガス室で、そこに入れられた方達は死体となって穴の掘ってある所へ「ブルドーザー」で運ばれ、放り込まれていました。

その時は、戦争なんて惨《むご》いことをするのですから、お気の毒にとしか思えなかった。私も人さまには言えないこと、苦しいことが多々あり、戦争のことと自分のことを重ねて涙が出て困りました。


私は戦争のことは全く知りません……、また知ろうともしません、これでは「ダメ」かな……。


小さい時に身体が弱かったから、何も知らずに大きくなったようなものです。

母が「明子はもう身体が少し落ち着いたことだし、どこか連れていこうか」と、父と話しているのをうっすらと聞いたようにもあります。母が、母の妹の家、京都の東山五條へお正月に連れていってくれました。でも直接行ったのか、途中まで迎えに来てくださったのかは、定かではありません。

叔母さんの家へ行きますと、叔父さんが「よく来てくれましたね。今年は暖かいお正月ですね」と挨拶をされて、「お世話になります」と母が言いました。

「姉さん、この子ですか。元気になったじゃないの」と言われ、私も「明子です、お世話になります」と挨拶をし、なんだか、わからないような、でも嬉しかったのを覚えています。

お茶をいただきながら、母は何の話をしているのかなあ……と、私も話に耳を傾けましたが、何も覚えておりません。

ただ、夜寝る時に天井を見て、母に「これ、どうされたの？」と尋ねたことは、今でも覚えております。まばらに張り付けてあった天井の板に、靴の足跡が付いていたのです。叔母さんが「それはのう、空襲の時に物が落ちてきて屋根を突き破ったのや」と話してくれました。それで有り合わせの板を天井に張り付けたということでした。戦争って怖いなあーと思いました。

いつまで、叔母さんの家でお世話になったのかもわかりません。そして、顔も全く覚えがないのです。

それこそ私の頭の中は、どうであったのか。「フワッー」とした気持ちで家に帰って、「ただいま」と言ったら、父はどのように話をしてくれたのか？　普通だったら、お帰り、どうだった、疲れてはいないかなど、言ってくれたと思うのですが、頭の中は空っぽでした。

そのほかに「チラッ」と思い出すのはコウゾ、ミツマタを刈り取ってきて、近所の方達が皮を剝《む》いておられたこと。「これは紙の原料」と、お聞きました。それと、母は白のエプロンを身につけ、手拭いで鉢巻きをして「竹の槍」の練習をしたとか。こんなことで戦争に役に立つのだろうかと思ったと、話をしてくれたように思います。

その時期は大変な苦労したんだなあー。私の家からは戦地へ行かれた人はありません。父の弟さん、母の弟さんが行かれましたが、無事に帰られたそうです。

でも、その詳しい話も聞いたことはありません。私に話しても意味がないと思われたのかもしれません。

父の弟さんは神戸で暮らしておられ、母の弟さんは田舎の実家で暮らして、お百姓さんをしておられました。お百姓さんも大変な仕事なので、神戸の叔父さんは、お盆のお墓参りに来られた時には、母に「弟さんも大変ですね」と親切な言葉をかけてくださったと話していました。

私が少し身体が良くなった時に「明子も元気にしていたか」と、身軽な私は「ヒョイ」と抱いてもらいました。

時々、娘さんと一緒にお墓参りに来られていました。私は娘さんと仲良くなれるかなあーと思ったことがあります。私は中学生の頃に、従姉妹に当たるその娘さんに手紙を書きましたら、返事を下さいました。嬉しく、神戸まで行きたいなあ……と思ったことがありましたが、私にはそうする自由がなかったのです。

叔父さんが来られた時に、「明子か、娘に手紙をくれたのは」と聞かれましたので、「ハイ、ごめんなさい下手な字で」と謝まりましたら、笑いながらありがとうと言ってくださいました。

学校を卒業して社会人となっても心配して手紙を下さり、また結婚式にはお祝いをして式にも出ていただきました。何年たっても夫婦で私を心配して、電話をしてくださったりで、実の親以上に親切にしていただき、私もどのように感謝すれば良いのかと、涙が出るほど嬉しかったです。

私の身体が弱かったので、また学生時代には自由の利かなかったこともあり、心配をかけたのでした。

ある時、父が「〇〇駅まで、おまえの好きな叔父さんと一緒に行くから、迎えに来るように」と言われ、私は叔父さんに菓子箱を買って渡しましたら、「明子、ありがとう。気をつかわしたな」と言ってくれました。出逢えて嬉しかったです。

私のことは全部、父から叔父さん宅へ通じておりましたから、親切なのです。

叔母さんも心配して、時々電話で「元気にしているか」と、自分の娘のようにお話ししてくださいます。私は幸せだなあーと思ったことがありました。

今思えば、あの時の私の家庭はどうだったのかしら？


戦争の話から、嬉しい優しい夫婦のお話になってしまいました。

今でもテレビを見ていますと、戦争の映画が放映されています。時々耳にしますのが、一九三七年とか一九三八年。私はまだ生まれていないね、などと独り言のように……。

私が田舎から出てきて、寂しくしていないかと、息子の友人のお母さんが田舎の古新聞を渡してくださいました。そのお心づかいに心打たれました。

この新聞を見て、また田舎を思い出し元気で暮らしていくように、これを見ると懐かしいだろうと……。本当にありがとうございました。

いただいた新聞を拝見していますと、「戦争の記憶」という記事がありました。

投稿された方は、一九四四年、当時国民学校初等科の四年生で修学旅行は中止され、授業もなくなり、朝から晩まで和紙を貼り合わせて「風船爆弾《ばくだん》」を作った。直径約十メートルの紙製の気球に爆弾を載せ、米国本土まで飛《と》ばす一日、日本軍の兵器、当初は軍事秘密として何を作っているのか知らされなかったが、幼少時代から戦争は日常だったので、疑問を持つことがなかった。感覚が麻痺していたと思う……。

作業中は皆、質素なモンペ姿、額には白い鉢巻き、入学前はセーラー服姿に憧れていたけれど、着ることはなかった……ということだそうです。

新聞に投稿されている他の記事を見ますと、やはり戦争のことですし、「ミサイル」や「空爆」といったニュースが報道されています。

心配するのも無理もありません。将来どのような生活をせねばならないのか？　と考えること屢《しばしば》、そうでなくても台風や地震、津波に警戒せねばならない場所もあります。

そして、また「テロ」などの戦いが始まっています。

小さい子供さんに「愛の手・つなぐよ子に・ユニセフ」と言ってテレビで呼びかけています。あの子供さんの姿を見ますと、お腹が「ポコッ」と出て涙を流している。あどけない子供さんが……。私も涙が出そうです。

私が小さい頃は、あのようにガリガリで、お腹が出ていたそうで、生まれたときに私を抱っこしてくれた方が「この子はお腹が出ている」と「ポン」と軽くたたいたと言っていました。なんとか、重湯《おもゆ》と注射で助けていただいたということで、やはり食糧難の時代だったのだと思います。

そういえば、私が生まれた時に、丁度親戚の方が来られていて、お湯を沸かしたりした後に、俺にも抱かせてくれと言って、「今は小さいけれど早く大きくなれよ」と言ってくれたそうです。

お盆にはお墓参りに来たし、そのような時だけでなく私の顔を見に来たと言って、よく立ち寄ってくださったそうです。

私は幸せ者なのでしょうね。

今は一人で大きくなったように、両親・家族に思われたかもしれませんが、私は決してそのようなことは思っておらず、むしろ感謝しています。

＊　＊

道を歩いていますと、掲示版に「子供達を戦争には行かせない」と書いてあるポスターが貼ってありました。

このポスターは、どれだけの人の目に留まっているでしょうか？　どうか今の日本が穏やかでありますように願う毎日です。


学生時代に目が不自由になったことがありました。自転車通学をしている時、人さまにお逢いした時に「おはようございます、こんにちは」と挨拶はしたものの、今の方は誰かしらと思ったようなことが多々あったのです。疲れが出ているからとばかり思っていましたが、両親には心配かけまいと我慢をしていました。

社会人になってから眼科へ行きますと、「上野さんは病気していませんか」とか「姉妹は何人ですか？」などといろいろと聞かれました。

私は小さい時からのことを話し、姉妹が多く母親の母乳が出なかったので栄養不足であったことなどを話しましたら「あなたの目は発育不足ですね。大人の目ではありません」と、お薬をいただきました。人の顔がわからなかったのは疲れが出ているとばかり思っていましたが、そうではなかったのです。

「しばらく通ってください。でも心配はいりませんから安心して日々を送ってください。そのうちに回復すると思います」と言ってくださり、習い事をしながら眼科通いを続けました。夜だったし、気楽に通うことができました。

そのうちに先生が「あなたは頑張って通われたから、もう治りましたよ、もし目が不自由であれば、また来てください」と言ってくれました。

学校で身体検査の時は、先生は何も言われなかった、それなのに「なぜ」と不思議です。話す時、目の検査の時に首をかしげてしまいますし、写真を見ると頭を横に傾けているのがあります。これも癖となってしまいました。原因がわかってからも、恥ずかしいなあーと思ったことがあります。

姉妹達の目が不自由だったとは、一度も聞いたことありません。食糧難の時期的なものだったとしか思いようがありません、皆、すんなりと成長していきましたのに、「私だけなぜ」と思うこと屢《しばしば》です。

とはいえ、今更振り返ってもどうすることもできません。戻れないことに頭を使うのはやめることとします。

あとがきに代えて

最後は、私の今のことを少しお話ししておきましょう。また「おじゃまる広場」でのことです。

私も高齢者ということになりました。もう少し頑張ろうと思って、おじゃまるの活動に出かけたある日、役員さんが「上野さん、どこへ行っていたの」と言われます。「早く早く、エプロンをして名札を付けてきてください」とのこと。何かと思いますと、四人で記念写真ですと言われました。

「私がですか？」と戸惑いました。なぜ役員さんの中に入れてくださるの？　と聞きますと、あなたは役員同様に頑張ってくださるもの、あたり前ですよ、と三人が口を揃えて言ってくださいます。とにかく仲間入りして、そこで「ハイ・ポーズ」でした。

これから怠けてはいけないんだなあーと、嬉し悲しで、ゆれる思いでした。

それから三日間、おじゃまるの活動に参加できました。先日も、中学校体育祭を見に行ってきました。息子の学生時代の体育祭は見に行けなかったのに……。

体育祭には、会長さまをはじめ、他の役員さまが来ておられました。挨拶をしますと「あなたもこの椅子にどうぞ」と勧められました。でも私は……と遠慮していますと「この席が上野さんの場所です」と言われました。

皆さん、親切な方です。

綱引き、学年別の大縄跳び、迫力ありました。私も途中からでしたが、玉入れ、リレーを見物していました。

今年が中学校最後の運動会となります三年生のフォーク・ダンスは、私にとっても懐かしい曲でした。

生徒さん達よく頑張りました。本当にお疲れさまでした。

また、別の日には、中学校のお昼休みに「ベビースマイル」の運営に行ってきました。これは、中学生と、赤ちゃんを連れた若いお母さんとが触れ合える催しです。

十三時五分過ぎに、親子さん二組が来られました。放送で「今、赤ちゃんを連れてこられています。図書室へ行ってください」と言っていただきまして、生徒さん達が来て順番に赤ちゃんを抱っこします。最後に教頭先生も抱っこされていました。お孫さんのことを思い出していたのでしょう、ニコニコと、なんとも言えない表情でした。

教頭先生、ありがとうございました。

著者プロフィール

上野 明子（うえの あきこ）

1940年、京都府生まれ。
二人の男子の母親。
趣味は旅行、料理、園芸など。

著書
『我が生い立ちの記―つれづれに』（2007年、文芸社）
『山あり、谷あり　我が茨の人生』（2009年、文芸社）
『夢をつむいで』（2011年、文芸社）
『根を下ろして生きる』（2014年、文芸社）
『日々なないろ　心の絆』（2016年、文芸社）

空の向こうへ ～感謝の日々、これまでもこれからも

2018年２月15日　初版第１刷発行

著　者　上野 明子
発行者　瓜谷 綱延
発行所　株式会社文芸社
〒160-0022　東京都新宿区新宿１－10－１
電話　03-5369-3060（代表）
03-5369-2299（販売）

印刷所　株式会社フクイン

ISBN978-4-286-18389-3